KB217528

잊었던 세월 한 자락

신을소 시집

도서출판 명성서림

시인의 말

몇 년 만에 시집을 묶습니다.
걸어온 나의 발자취를 더듬으며
오랫동안 묶어 놓았던 지난 시편들을
다시 들춰 볼 때마다 불만스럽지만
못난 자식 언제까지 품에 안고
살 수는 없는 일, 그냥 접어두기엔 아쉬워
생긴 모습 그대로 세상에 내보냅니다.
이번 수록 글들은 대체로 발표된 시편들입니다.
막상 책으로 묶으려 하니
쑥스러운 마음뿐입니다. 귀엽다고
너그럽게 봐주시기 바랍니다.
곁에서 묵묵히 지켜봐 주는 가족들과
책이 나오기까지 성원해주신 여러분께
머리 숙여 감사드립니다.

2022년 10월 11일
신을소

2

4

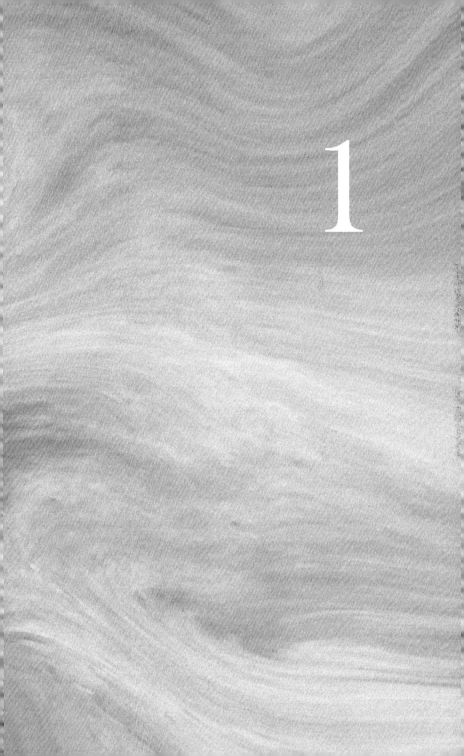

1

이 가을에

파릇파릇 땅을 뚫고
솟아오르는 새싹들
하루가 다르게 자란 줄기와 잎새

누군가의 식탁을 예비하듯
서로 어울려 한들한들, 흥에 겨운 어린애들처럼
가을바람에 춤을 추고 있다
여름 무더위 지나고 뒤늦게
마당귀퉁이 텃밭에
뿌려진 무 씨앗,

냉장고 한 귀퉁이서
몇 해쯤 잠들어 있다가 이제야 햇빛을 보는
제대로 싹을 틔울 수 있을까
확신도 없이 뿌려진 생명
두꺼운 흙을 뚫고 솟아오르는 녹색의 손짓들
참, 예쁘고 대견하다

메마른 세상 속에서도
여리고 여린 새싹들
언제쯤이면 듬직한 뿌리로
자리 잡을 수 있을지

가을 하늘은 맑고 청명하다,
나도 한때는 저런 새싹이었을 텐데
누구에게 기쁨이 된 적 있었을까,
한해도 점점 기울어간다.

사월의 꽃

새까맣게 말라버린 자목련
꽃봉오리
사월에 찾아든 꽃샘추위
날씨도 독감에 걸렸나 보다

한 해를 기다린 그 마음이 아까워
시들어버린 봉오리를 헤집고
하나둘 꽃잎을 딴다
정성껏 말려, 목련차라도 만들어볼 셈으로
화선지 위에 한 장 한 장
늘어놓은 꽃잎

4.16의 세월호, 4.19의 혁명,
4월은 역시 잔인한 달인가
참혹한 장면들만 줄 이어 떠오르고
피지도 못하고 져버린
여린 꽃봉오리들

올봄만의 일은 아니었구나, 차라리
때 이른 봄비라도 주룩주룩
장맛비처럼 쏟아져
지웠으면 싶은 비정한 그림들.

경계

점점 소통이 어려운 세상
병든 사회는 거리 두기로 조심조심,
말보다는 눈빛으로

세균과의 전쟁은 그치지 않고
아파트 주민들 사이의 편싸움에
관리사무실 출입문 앞엔
쇠사슬로 칭칭 감겨있는 짚차 방패막이가
휴전선 북방한계선 철문처럼
입구의 문을 틀어막고 있다

지나는 사람마다 한마디씩
눈살을 찌푸리게 하는
어디쯤서 끝날지 모를 분쟁
별일도 아닌데, 작은 체면 하나
내려놓지 못하고,
넘지 말아야 할 선을 넘나드는 모습,

여기저기 막힌 것들,
언제쯤 문 열어놓고
오가는 사람 가리지 않고
반기며 살까.

농원 가는 길

치악산 산길을 오른다
승용차 내비게이션 음성 안내에 따라
이리저리 돌아 오르던 마을 어귀

포장도로가 반쪽만 남아
잘못 들어섰을까, 차에서 내려
확인하는 좁은 골목길

새 주인이 제 땅 찾아 도로 가운데
철망을 쳤다고 인근 주민들이 알려 주는
그 사이 곡절, 수십 년 통행로가
철망 안으로 숨어들고

좁아진 골목길엔 소형차만 간신히
늑장 걸음을 걷는다
겨우 빠져나와 목적지 농원에 이르는 오르막,
그곳에도 굿집 하나가
진입로를 막아선다

치악산 시루봉 돌탑 밑으로 도망간 시골 인심,
서울 깍쟁이마저 혀를 차다가
서둘러 되돌아 나오는
허름한 한나절의 갈등.

냉이를 캐며

햇살 따듯한 봄날,
밭두렁에 앉아 냉이를 캔다

생긴 모양을 자세히 몰라
옆집 아주머니에게 물으니
내 발밑에 있는 게 모두 냉이란다

흙을 파헤치고 돌을 고르며
보석이라도 캐내듯 힘들여 뿌리째 뽑아
자세히 들여다보며 눈에 익히는데
언젠가는 한 번쯤
캐보았을 것 같기도 하다

맨손으로 냉이를 캐던 옆집 아주머니가
여기저기를 가리키며, 냉이국엔
들깨가루를 넣어야 제맛이 난다는 혼잣말 끝에
캐어낸 냉이를 내 손에 건넨다

흙모래 씻어내고 몇 차례
물에 담갔다가 건지기를 반복,
모처럼 맛보는 냉이국
이웃의 정까지 담겨 더욱 짙은 향기,

입안에서 무한 팽창하는
봄, 봄, 봄.

쑥을 뜯다가

뒤뜰에서 쑥을 캔다
언 땅 풀리는 말미에 고개 내민
여린 새싹들

자갈을 뒤적거려 갓 나온 잎을 뜯다가
아직은 어려, 잠시 참아주라며
애원이라도 하듯
나의 손에 잡히지 않으려는, 여린 새싹들
머뭇머뭇하다가 멈추는 손

좀 더 자라주길 기다려야겠다고
앉았던 자리를 털고 일어서는데
오늘따라 어머니가 해주셨던 쑥국,
쑥개떡의 간절한 유혹,
며칠 더 기다려봐야겠다.

강변길 따라

남한강 길 끼고 달리다가
접어든 북한강 길
오늘따라 차들은 흐르는 강물처럼
노랫가락에 흥을 돋우며 달려간다

밀리고 밀리던 양평에서 양수리까지
가다 서다 반복에 인내가 필요하지만
너와 나 이렇게 지나온 날들, 춥고 덥고 맵고 쓰고
쓸쓸하기도 따스하기도 한 지난날,
스쳐 가는 바람이 가로수 나뭇가지 건너뛰듯
그렇게 지나가고 있다

오랫동안 지나다닌, 이 길 따라가다 보면
어릴 적 살던 내 집 같은, 때때로 문안을 할 수는 없지만
지금은 떠나고 없는 빈자리 찾아
잊었던 세월 한 자락 펼쳐볼 수 있을까
강물은 소리 없이 흐르고 있다.

봄비

비바람이 거세다
다시 겨울로 들어설 것처럼,

몰아치는 비바람의 꽃샘추위, 길을 가다가
잠시 멈춰 서서 덧옷을 걸치고
지나는 사람도 별로 없는 인사동 골목길
바람은 사정없이 온몸을 휘감아 들고
양손으로 꼭 잡고 있어도
날아갈 듯 춤을 추어대는 우산

잠시 섰다가 다시 걸음을 옮기는
나의 발걸음, 멈추게 하는 어느 점포에서
흘러나오는 아나운서의 흥분된 목소리
사월 이십칠 일 남북 정상이 판문점에서 만나
평화협정에 서명한다는 이야기,

오랜 가뭄 끝에 봄비 같은 소식,
감격한 탓일까
거세게 휘몰아치던 바람도 멈췄다
하늘도 감동하는 이 땅의 평화
바람이 물러간 자리에 는개만 자욱하다.

나의 시

무슨 옷을 입을까
외출 때마다 망설여지는
나의 소심한 버릇

장롱문을 열었다 닫았다 다시 열고
손가락으로 뒤척여보며
이것일까 저것일까,

거울 앞에 마주 선
또 하나의 내가
편하다 싶은 대로 나서라 한다

너를 잠시 잊어버린
나만의 불안인가.

코스모스

살랑살랑 불어대는 가을바람에
흔들흔들 춤을 추고 있네
빨강 분홍 하얀색의 꽃 잔치 열어놓고
벌 나비를 부르네

서리 내리고 비바람 불면
무너져 내릴 저 꽃들, 한 치 앞도
내다볼 줄 모르는 우리네 사람과는 달리
여물어갈 열매를 예감하며
마냥 웃고 있네

늘 환하고 밝게,
웃기를 좋아하던 그녀가
슬픔을 당해도 내색하지 않고
속으로 쟁이던 눈물처럼

그들은 알고 있나 보죠
내년에는 내년대로 꽃피울 자연의 섭리
꽃들의 예지가 가득한 꽃밭.

어떤 기도

감사에는 어떠한 조건이 붙을 수 없는 듯하다
오래전 내 나이 30세
혼자 견디기엔 너무 버거워
아버지 같으신 목사님 앞에 조언을 구하려
당회장실 문을 열고 들어섰다

헌금봉투를 책상 앞에 올려놓고 목사님은
계속 기도 중이셨다
감사합니다. 감사합니다. 기도는 그칠 줄 모르고
그 옆에 우뚝 서서 한참을 기다리고 있던 나도
따라서 감사합니다, 감사합니다,
목사님 따라 감사기도를 계속하다 보니
문을 열고 들어설 때와 다르게
어려움도 감사로 변해, 슬그머니 그 방을 빠져나오는데

목사님의 기도 소리인지
내 목소리인지
계속 이어지는 내면의 소리, 주님께서
어떠한 어려움마저 감사하라 하시나 싶어
편안한 마음으로 집에 돌아올 수 있었다

몇십 년이 지난 지금도 들려오는 그 소리
조건이나 이유 없이 현재의
내가 있기까지 감사할 뿐이다.

하얀 손수건

그녀가 내게 건네준
하얀 손수건
나에게 씻어야 할 것들이
많은 줄 알았나 보다
뒤돌아서면 지워야 할 겉과 속의 묵은 때
남이 들여다볼 수 없는 내면의 눈물까지
그녀는 미리 알고 있었나,
막 쓰기에는 조심스러운
하얗고 뽀얀,
마음 가득 담은 선물
한 올 한 올 꿰매고 박은
치유의 그 손
나도 누군가의 손수건이 될 수 있을까.

수석水石

화초밭 한 귀퉁이
하나둘 놓여있는 돌들
모종을 심으려 덮어씌운 비닐의
눌림돌로 앉아 있다
어느 자리냐에 따라 신분이 달라지듯
돌도 제대로 된 받침 깔고
어느 집 거실이나 사무실
장식장 속에서 반짝반짝 빛내고 있으면
귀한 대접 받을 텐데
흙구덩이에 비닐을 깔고 앉아
햇빛과 비와 바람을 원망하진 않을까,
움직일 수도 말할 수도 없으니
누구 손에 들어 있느냐,
탓할 수도 없는 일
그래서 선거 때가 되면 사람들도
한자리 얻으려, 목청껏
상대를 씹어대며 싸우고 있나,
어떤 때는 차라리 눌림돌, 그 자체의
평화로운 모습이 다행일 것 같다.

눈물

하루를 여는 새벽 시간
그분께 드릴 것은 나도 모르게
흐르는 작은 눈물방울

바다처럼 넓은 가슴을 소망하지만
바늘 하나 꽂을 데 없이
촘촘한 마음 밭,

자신을 내려놓지 못하고
남에게 상처가 되었을지도 모를
이런저런 일들에 대하여

마른 나뭇가지 같은 나를
불쌍히 여겨 용서해달라고 간구하지만
뒤돌아서면 온통 잊어버려

이 새벽에야 깨닫는다, 아직
내 안에 눈물 몇 방울 남아있음을
살다 보면 가끔
눈물마저 닦지 못하는
그런 날이 있다.

안개비

일을 끝낸 오후, 강릉에서
영동고속도로를 진입, 대관령고개 넘는데
안개비 짙어 앞이 보이지 않는다

앞차의 깜박이등을 길잡이 삼아
조심스럽게 뒤를 쫓는데
순간 깜박이던 앞차의 불빛이
보이지 않는다

희미한 차선을 살펴보는 도중에 끼어드는 화물트럭
이리저리 피해 달려가다가
터널 속에서 다시 앞차의 불빛을 본다
터널을 빠져나면 또다시
앞차의 불빛은 자주 실종되고
얼마를 더 가야 이 난관을 벗어날까

그렇게 몇 차례의 반복 끝에
대관령 터널을 벗어나 내리막길로 들어서면서
조금씩 트이는 눈앞의 전경
새로운 세계로 들어선 것 같은
또 다른 감격이다

우리 세상은 가끔 안개비로 휩싸이고
차선이 희미해질 때가 있다
그래도
끝은 있는 법.

거짓말쟁이

내 손을 꼭 잡으신다.
가지마라 가지마라 나 여기 두고 가지마라
생과 사의 갈림길에 선 어머니,
오늘 아침은 산소호흡기 떼시고
한결 가벼워진 숨소리,
푹 파인 입가와 눈 주변이 낯설다
엄마 사랑해요.
하나님도 엄마를 많이 사랑하시니
그분 믿고 조금만 참아주셔요
그래야만 집에 갈 수 있어요
알아들으시면 눈을 깜박 깜박여 보셔요
당분간 말을 할 수 없다는 의사 말대로
수술 뒤 눈만 깜박이시는 어머니
말문마저 닫혔으니 답답함 오죽하실까,
내가 할 수 있는 일은 기도뿐, 그래도
나는 희망의 말만 늘어놓는다
어머니한테 나는 거짓말쟁이.

가끔

몇 차례의 방문 여닫는 소리
모처럼 옛 친구와의
조금 긴 통화에 끼어드는
조마조마한 불안, 내 나이에도
눈치 볼 사람이 있다는 게
고마운 일이긴 하지,
오랫동안 전화기 붙들고 있다는 핀잔은
이제 내 나이쯤이면
자유로울 때도 되었건만
그래도 그런 그림이 좋다는
누구의 말처럼
또 한 장의 그림을 그린다
색색의 고운 물감을 섞어.

문짝

들고나며 여닫을 때마다
마른기침 소리를 내는 방문
아마도 영양실조로 바짝 메말라버렸나 봐

삐걱댈 때마다 살살 조심스럽게 여닫기
건드리기만 해도 들리는
저 소리, 어떻게 해야 하나
어려운 시아버지 앞에 고개 숙이고 서서
다음 지시를 기다리는 새댁같이

마른 뼈대에 기름을 발라주면
부드러워질까 생각 끝에 식용유 기름을 붓에 묻혀
그래 너도 기름을 먹어봐라,
나만 먹는다고 불평하고 있니, 이제부터
삐걱대는 소리 좀 참아보렴

요즘 아래 위층의 층간소음으로
시비가 끝일 줄 모르는 아파트에서
무슨 말, 듣게 될지도 모르는 처지에
이제 네 몸에도 기름이 들어갔으니
기침 소리도 내지 말고 조용히 살자

내 말을 알아들었는지
식용유 맛에 짐짓 숨죽이고 있는 것인지
아무 소리 없이 여닫히는 문짝

요즘은
손주 용돈 주듯
문짝도 기름칠해가며 살살 달래야,
말을 듣나 보다.

진행형의 지난 이야기

6월이 오면
육이오의 아픈 악몽들이 되살아난다
남쪽이 어딘가도 모르는데 남으로
남으로 내려가야 살 수 있다며
모두가 입 모아 말하던
내 어릴 적 이야기

그땐 먹을거리나 입을 옷, 신발도 귀해
무엇 하나 제대로 갖춰진 것 없어도
그게 일상이라서 부족함이
무엇인지도 모르고 살아왔는데
지금은 이것저것 필요한 것들, 다 채우고도
늘 더 채워야 할 것들만
헤아리며 산다

유월이 오면
또 하나 잊을 수 없는

내 어머니 돌아가신 기일,
유월이십사 일 올해가 만 십 이년
육이오의 모진 고초 당하시고
아무 일 없었다는 듯, 허허 웃으시던 모습
마을 사람마다 내 어머니는
착한 사람, 천사 천사라며
입 모아 말하니, 나를
천사의 딸이란 소리, 듣게 하시더니

유월이 오면
육이오전쟁과 나의 어머니
잘 어울릴 수 없는, 둘의 조합이 불러오는
아픔과 이 아련함 속에서 어머니를 부른다
이천이십일 년 유월에

그곳 천국은 편안하시지요,
여긴 코로나로 온 세계가 어수선해요

사람 사람끼리 거리 두기
네 사람만 넘으면 모이지도 못해요
나는 그래도 걱정은 안 해요
내가 천사의 딸이니까요.

일용할 양식

풍요로운 생활 탓일까
습관화된 버릇일까,
버려야 할 것과 버리지 말아야 할 것
분별은 있어야겠는데
그릇에 가득 담은 그녀의 음식
몇 차례 수저를 휘젓다가
그냥 버리는 낌새다
밥 한 톨에 담긴 농부의 수고와 정성이
그대로 쓰레기통으로
옮겨지는 점심 식사장면

하나님도 이 순간은
눈을 감으시거나
먼산바라기 하실 것 같다.

씹는다

식탁에 앉아 음식을 씹는다
많이 씹을수록 소화가 잘되고
몸의 기능이 제대로 작동해 건강에 유익하다는
건강전도사의 영향 때문일까

눈만 뜨면 씹어대는 사람들, 한편에는
이리 씹히고 저리 씹히는
말과 말의 성찬
먹을 것만 씹히는 건 아닌 것 같다.

고소하기도 하고 입안에서 쫀득쫀득
감칠맛 나는 그 맛
선거 때가 되면 아무거나 가리지 않고
먹지도 못하면서 씹어대는 사람들

이담엔 공천심사 때 이빨 검사부터 하는
정당 하나 만들면 어떨까.

식탁에서

옛이야기처럼 들려질 나의 의미를
그 녀석은 알아들었을까,

인터넷과 스마트폰이 어미보다
소중한 요즘 아이들, 식탁에서도
손을 떼지 못하는, 때때로 참 걱정이다
그러나 아이들은
세대 차이라 말하겠지,

순진하기만 했던 옛날 아이들
그때는 모르고 보냈던 천진의 그늘
때로는 모르는 것이 좋을 수도 있는
필요하긴 하나, 적당히 채우는
절제를 배웠으면 싶으나

때 되면 내 나이쯤에서 너희도
나처럼 같은 말을 하겠지,
자신도 새겨들은 적 없었던 그 말들을
너무 늦지 않았으면 싶다.

어느 예배당 계단을 오르며

누군가 기다리고 있다가
반겨줄 이, 문득 달려 나올 것 같아 계단을 올랐습니다
혹여 문이 잠긴 건 아닐까
누가 어둠 속에서 갑자기 튀어나와
놀라게 하는 건 아닐까

희미한 건물 속 불빛 따라
조심스럽게 계단을 오르며
미끄러질 것같이 빛나는 대리석 계단이
내 마음속까지 들여다보는 것 같아 무척
부담스러워졌습니다,

주님은 외출하신 것 같고
낯선 사람의 접근을 어렵게 하는 장치들만 여기저기
아무리 둘러보아도 주님의 흔적이 없어, 슬그머니
되돌아 나오면서 하늘을 보았습니다
햇볕은 여전히 쨍쨍하고
사람들만 저희끼리 낄낄거리고 있었습니다.

이방인

섞일 수 없는 너와 나
제 뜻대로 앞뒤 분간 없이
고속도로 달리듯 질주하다간
사고로 이어질 수밖에

외국인들이 낯선 나라에 와서
불통의 언어와 생경한 문화의 차이로
오랜 시간이 흘러도
쉽게 근접할 수 없는 간극의 척력斥力

누구나 경험하는 인간 조건의 민낯
차츰차츰 보이는 속마음
아마도 착각이겠지, 아님, 잘못 길들어진
버릇 탓일까, 너와 나
언제나 타인.

그 여인

지구를 이고 다닌다
아프리카 가나의 북부지역
사하라사막이 가까운 그곳
아이들도 무거운 물통을 지고
물을 팔러 다니는 땅
재봉틀을 머리에 이고 다니면서
옷가지를 수선해 주는 그녀
일거리가 있으면 어디서건, 그 앞에
재봉틀을 내려놓고
흠집을 꿰매고 새 천을 붙인다
고쳐야 할 물건이 많아져야 밥을
굶지 않는 역설의 삶
일거리만 있으면 지구 끝이라도
찾아갈 듯한 그녀
온 땅덩이보다 무거운 삶의 무게에도
누군가를 고쳐줄 수 있는 저 여유
지구보다 무거워 보이는 저 삶
고통일까 치유일까.

길잡이

이 길일까 저길일까
비슷비슷한 풍경에 알 듯 모를 듯
더듬듯 찾아가는

표지판 따라 어렴풋한, 지난 기억 더불어
장호원 군부대 찾던 날
겨우 찾아 들어선 입구 위병소
절차에 따른 신분증 확인 검사

잠깐 사이 달려온 짚차 한 대가
앞을 가로막으며 따라오란다
안내하는 대로 점점 깊숙이 들어선 건물 앞서
기다리던 사람 만나고

한 번쯤 갔을, 헷갈리는 길 위에서
머뭇거릴 때마다, 나를 안내하던 그 짚차처럼
바른길로 인도하시는 한 분이 계셔
오늘 여기까지 올 수 있었다
길의 주인이신 그분.

동백꽃

요선정 오르는 길가
풀숲 나뭇가지 사이에 떨어질 듯
매달린 빨간 동백꽃 한 송이

감았던 눈을 반쯤 뜨고
보일 듯 말듯 햇빛 아래 반짝이며
흐르는 사재강 물빛만
내려다보고 있다

흐르는 강물에 실어 보낸
지난 것들, 켜켜이 쌓인
한으로 파인 돌개구멍, 물이라도 담아
감추려 해도 감추어지지 않는
기다림의 상흔들에 바치는 헌화

미소로 다가서는 바람에라도
혹여 피기도 전에 떨어질까,
조바심하는 강심을 향해
어떤 위로가 필요할지 몰라

묵묵히 그 자리에 목 내밀고
하강의 때를 가늠하고 있다.

이웃집 아주머니

섬돌에 앉아 먼산바라기 하시는 아주머니
지난 주말엔 자식들 찾아와 북적대더니
오늘 아침은 굽어진 허리로 혼자
마당을 쓸다가 쉬고 계신다

봄이면 집 앞 둘레길에 화초를 심어
울긋불긋, 한철을 활짝 핀 꽃들로 채우고
지나는 사람마다 즐겁게 하신다

가을이면 텃밭에 심은 온갖 채소와 작물들
손수 걷어 갈무리하고
초겨울, 오늘은 문밖 입구 한쪽에서
햇볕 아래 먼산바라기,
소녀 같은 아주머니의 밝고 환한 표정

네가 곧 복이 되라는 말씀 따라
이웃의 복이 되는 노년의 삶,
주는지 받는지도 모르고 우리는
기쁨을 주고받으며 산다
꽃처럼 순수한 아름다운 이웃.

불통不通

그 사람 참 답답이다
모르고 하는 짓일까
알면서도 심통을 부리는 걸까
잘났다고 우쭐대 봤자
거기서 거긴데
우주를 잡을 듯, 팽팽하기는
꽉 조인 고무줄처럼
한순간에 끊어질 수도 있다는
너도나도 아는 진실

나는 오늘도
휴전선 철책만큼
견고한 벽을 마주하고
정답 없는 시험문제로
머리가 아프다.

산사람들

계절이 뒤섞인
산을 오르는 산사람들
계곡을 타고 흘러내리는 물줄기
들판엔 각양각색의 꽃들이 피었다 지고
설한에서 별을 보고 매섭게 불어대는
산의 회오리바람 따라 걷고 또 걷는,

길 없는 길을 찾아
또 다른 자신과 싸우고 싸우면서
미끄러지고 넘어지며 오르는 산길
눈 속에 파묻힐지라도
물러서지 않는 그들의 발걸음
만년설이 뒤덮인 산정을 향해
한 걸음씩 내딛는 발길, 언제쯤
거기 정상에 닿을까.

택배 1

빠른 택배가 부쳐 왔다
과로사 택배원들, 뉴스에
꺼려지는 택배 보내기, 그렇다고
안 보내면 생계의 수단을 잃을 것이고
그 고마움 건넬 물 한 모금이라도
전할 수 없는 비대면
언제 물건을 놓고 갔는지,
나중에 전해지는 전화 문자
점점 세상인심이
박제가 되고 있다.

동치미 국수

오랜만에 국수를 삶는다
삶은 면 사리에 열무김치를 얹고
내 어머니 손맛 불러
이것저것 양념 더한 다음에
부어대는 동치미 국물

먹을 때면 생각나는 어머니
고마운 줄도 모르고 투정만 부렸던
내 지난날이 줄지어 다가오고
이제 와 후회한들 무슨 소용 있나,
어린 날 잘못 그린 그림
환칠로 지우듯
애먼 국숫발만 휘젓는다.

추수 때에

두 평 남짓한 채마밭에
잡풀이 무성하다
며칠 잊고 지내다가 바라보면
웃자라는 잡풀들
어떻게 정리해야 하나

아귀처럼 부르짖는 성난
광화문 집회의 어느 교회 신자들
목사는 마이크를 잡고 하나님 까불지 마, 기기에
귀로 담을 수 없는 민망한 소리까지
교인들은 아멘 아멘을 외치고

내버려두라 하신 말씀처럼
우후죽순으로 솟아나는 세상의 일탈 현상
나중에 선별될 알곡과 쭉정이

채소와 잡풀들을 함께 바라보며
그분을 향한 내 믿음의
분량을 가늠해 본다.

고속도로 주행

− 안개

양평에서 충주, 내륙고속도로
어디가 어딘지 분별이 없다
쉴 곳도 없는 고속도로에서
갑자기 쏟아지는 폭우와 안개
운전대를 잡고 희미한 앞차의 전조등 불빛에
기어가듯 서서히 뒤따라 주행을 한다

무슨 일이 일어날 것만 같은 불안감
순간순간을 주님께 부탁드리며
눈앞이 안 보여요, 억수로 쏟아지는
빗줄기가 무섭습니다, 두 눈 뜨고도 소경이네요
가는 길을 인도해 주셔요, 주님
지친 몸과 마음
헤어날 수가 없습니다

"안개 없는 세상은 만들지 않았다
그러나 그 안개는 순간일 뿐,
잊지 말고 정신 차려라"
"길지 않은 인생길 천천히 가는 것도 배워야 하느니"
타이르듯 꾸짖으시듯 주고받는 대화

어느 지점에 이르니
안개도 폭우도 사라진 딴 세상
참 싱그러운 날씨,
여기가 낙원이다.

택배 2

발신도 없이 배달된 택배
누가 보냈을까
겉 포장 상품은 제조사의 명칭만 쓰여 있고
언젠가는 알게 되겠지, 생각하면서
자꾸만 궁금해지는
보물찾기하듯 떠올려보는 이름들
밀봉한 상자를 뜯어 이것저것 살피나,
짐작되지 않는다
며칠 후 걸려온 전화, 예상과는 다른
빗나간 이름의 그녀
뜻밖이어서 더욱 반갑다.

아이의 하늘

어둠 속에서 별을 본다
보름달, 반달, 하현달, 우리의 은하계가
한눈에 은색으로 빛나고 있다

야광으로 빛나는 너의 방,
천장을 장식한 별의 무리
어둠에 빛으로 살아가야 할
너와 나

하루하루 별처럼 빛나기를
꿈꾸고 있을 너
조각조각 한 조각씩 오려 붙이느라
수고했을 너

너는 너의 우주이고 또 나의
우주이기도 하다.

그날

2003년 9월 6일
가을비가 장맛비처럼 주르륵주르륵
점점 무르익어가는 가을 들녘에
마지막 먹이를 줄 것처럼
쏟아지는 장대비 속에 잠시 머문
치악산휴게소

저녁은 점점 어둠을 몰아
대지에 들어차고
나다니는 사람이나 건물의 간판마저
흔들리는 비바람 속에
석고상이듯 우뚝 서서
우산을 펼쳐 들고 서 있는 사람

장대비 속에 나타날 누군가를 기다리는지
사방을 둘러봐도 보이는 사람은
딱 두 사람뿐, 이윽고
내 옆을 향해 다가서는 그 앞에
그녀도 석고상처럼 얼어붙으려는지
파랑새 한 마리
그녀의 귀밑을 스치고 지나간다.

어떤 그리움

쉽게 돌아갈 수 없는 바다 건너
내 나라 나의 집

하늘을 올려다보고 땅을 내려다보고
여름이 지나 가을은 왔건만
가고파도 갈 수 없었던 그때
장대비는 매일 폭포수처럼 쏟아져 내려
불어치는 회오리바람마저 불안을 더하는
낯설기만 한 외국 땅

그 나라는 도둑이 없다는 이모의 말에
여권과 중요물건들이 든 손가방과 모든 짐을
승용차 뒤 트렁크 속에 넣어두고
잠시 자리를 비운 사이
누군가 전부 꺼내 가 버려,

공항파출소 신고 후

숙소 돌아와 기다리던 날들,
하늘엔 새들의 자유로운 비행과
구름 속을 날아가는 비행기가 그토록
부러운 날들이 있었을까

나의 기다림은 하루하루가 지나고
때맞춰 벌어진 대한항공 격추사건이 맞물린
외무부는 공황상태라,
더 기다려야 한다는 영사관의 이야기

여름 지나 어느덧 구월 하순,
친척 동생이 친정어머니한테 전해 달라는
돈까지 받아 가방 속에 챙겨 넣었는데
가방도 트렁크도 다 잃어버렸으니

기다림도 지치면 포기해야 하는
순간순간의 절망, 흘리던 눈물마저

한낱 사치였다 싶었던 여러 날, 나중엔
눈물샘조차 메말라버린 눈가에
타들어 가는 나의 동공은
먼산바라기에 길들여 갔다,

내일 내일을 기다리며 할 일 없이
지하철을 타고 백화점을 빙글빙글 돌며
물건도 사지 않으면서 그렇게 시간을 보낸 날들,
하루속히 비행기에 올라, 밟고 싶은
내 조국 우리 강산,
여름은 그렇게 뒷걸음쳤다.

임시여권을 받고 돌아오던 날
구름 위에 덮였다가 내려다보이는
우리나라의 여기저기 풍경들,
김포공항 착륙과 동시에 비행기서 내린 나는
어린아이처럼 만세를 외쳤다.

소리쳐 불러보는 내 조국 대한민국
돌아올 내 나라가 있다는 행복감
겪어보아야 말할 수 있는 진실이다.

바람이 분다

세찬 바람이 불어댄다
대학캠버스에 학생들은 보이지 않고
가끔씩 지나는 승용차
휘청거리는 나뭇가지에서
떨어지는 꽃잎, 더불어 펄럭이는
길가에 매달린 현수막엔
'사회적 거리 두기' 신조어가 부산하고
사방으로 휘돌아 예까지 온
불성객의 공포
가늠하기 어려운 혼란은
흔들리는 사람들의 가슴 속을 세차게 가르고 지나가는
언제쯤 멈출지 알 수 없는
바람의 무게, 사람들은
건물 속으로 모두 숨어버렸나,
인적이 끊긴 텅 빈 캠퍼스 길
달아나려는 모자를 두 손으로 당겨 잡고
바람 따라 내딛는 발끝
방향을 가늠한 채 길을 간다.

거리 두기

누구신가
너와 나의 거리는 2미터쯤
푹 눌러쓴 모자에 마스크까지
눈빛으로 주고받는 인사

한참 지나서야 알아보는
그간 허물없이 붙어서 수다 떨던
너와 나의 화법, 멀찍이 서서
다시 한번 생각하기

혹여 나도 모르게
퍼뜨리고 다녔을 바이러스 균처럼
사방으로 퍼져나갔을 언어의 독소들
이제라도 거리 두기
너와 나
누구신가 당신은.

낯선 풍경

한 자락 바람처럼 지나가기를
여러 날 기다렸다
소낙비라도 시원스레 퍼부어
말끔히 씻겨주길 바라는
기다림의 시간은 길어만 간다
문명의 첨단을 자랑하는 나라와 나라마다
바이러스 균으로 신음하고
마스크와 의료장비 부족으로 고심하는 의료진들과
재난대책 실무부서의 공무원들
사람들은 죽어가고
도시의 거리는 텅 비어
함께 주인이던 짐승까지 돌아온다
오직 그분만이 해결하실 수 있는
우리들의 죄 때문인가,
그 옛날 다윗의 범죄를 전염병으로 다스리던 때처럼
회개하고 용서를 구하면
이 재앙을 멈추게 하실까
온 인류가 미스바로 모여 다시 한번
회개의 기도를 올려야겠다.

바이러스

눈에 보이지도 귀에 들리지도 않는
잠행의 전쟁은 어제와 오늘도 계속
하루속히 종전을 바라는, 나라와 나라마다
손 씻기, 기침 예절, 온 국민을
유치원생 다루듯 시시콜콜 가르친다
코와 입을 막고
집집마다 창문을 닫고
학교마저 교문을 닫아걸고
상점의 문도 닫혔다
주검마저 갈 곳을 잃어
냉동 창고에 전세 드는 모습이 안쓰럽다,
공룡도 바꾸지 못한 세상,
이 작은 바이러스로 바뀌어 가고 있다
처음에 만드신 세상
그분은 알고 계실까
오늘은 하루 종일토록
하늘만 기웃거린다.

바람이 전하는 말

시간은 언제나 갑자기이고
장소는 언제나 경계가 없지요
정이 많아
사람을 가리지 않고
힘만 믿는 나라들을 우습게 알지요
경주에 나서면
비행기보다 빠르고
한 번 머물면
가고 싶은 마음 들 때까지
한 발짝도 옮길 맘 없지요
날 얕보는 자 되려 얕보아 주고
정중한 자 앞에선 물러날 줄도 알지요
입 맞추어 거짓말하는 자들이 싫어
입을 막게 하고
돈 냄새, 권력 냄새 잘 맡는 자들이 미워
코를 막게 했지요
뜻 없이 마주 잡는 손이 민망해

주먹 인사나 하라 하고
몸에 좋다는 것 게걸스럽게 먹는 모습 보기 싫어
식욕부터 앗아버렸지요
세상이 내 질서대로 자리 잡는 날
나 미련 없이 떠날 테니
믿어줘,
너희들 믿는 신처럼.

어지러워

세상이 빙그르르 도네
될 수 있으면 함부로 입 열지 말기
허락도 없이 침입하는 빈객을 막기 위한
너나없이 손 씻기와 거리 두기
가까이해서도 너무 멀리해서도 안 되는
적당한 거리에서 바라보기
어지러워 넘어질 것 같은 세상의 질서, 내 딴엔
정신 똑바로 차리고 서 있다고 생각했는데
내가 바로 서 있는지 다시
점검해 봐야겠네.

가슴앓이

힘든 어깨를 끌어당기며 아이는
자꾸 매달리네

매달리는 아이 하나도 감당하기 어려운 내게
조카는 서운하다네
내게 기대가 많았나 보다
나 역시 허덕이며 고개 하나씩 넘는데
내 등에 얹힌 짐들이 너무 버거워
고개 돌릴 여유조차 없었는데
고루고루 나눠지 못한 사랑
함께 하지 못한 배려가 상처로 남았을까,

현관문을 열고 돌아서는 피붙이의 뒷모습
고질이 된 내 가슴앓이가 오늘따라
참기 힘들 만큼 아리고 아리네.

버스정류장에서

발이 묶인 아이와 나
아무리 기다려도 오지 않는 버스정류장에서
사정없이 몰아치는 눈보라

집으로 데려다줄 버스를 기다리다가
지쳐버린 마음만큼 저린 나의 발끝,
제자리걸음은 동동거리며 발을 뗄 때마다
발밑으로 질척이는 차가운 얼음물의 한기,
구두 밑창을 적시고 온몸이 떨린다

바람에 휘날리는 눈송이가
연신 얼굴을 때리고 살갗을 파고드는데
나는 아이를 놓칠까 봐 잡은 손, 꼭 잡으려 하면
자꾸만 뿌리치고 빠져나려는 아이
앙탈만 더 잦아진다

기다리는 버스는 오지 않고
노선이 다른 버스들은 스쳐 지나가는데
잡은 손, 뿌리치고 자꾸 딴 길로 가려는 아이,
나는 또 하나의 삶을 연습하는 중이다.

겨울비

겨울비가 내린다,
성탄 전날에.
미끄러운 길바닥 조심조심
넘어지면 다칠라 언 땅 피하여
밟는 길섶마다 아프다는 듯
자박자박 가냘픈 신음소리,
그칠 줄 모르고 쏟아지는
빗물 그리고 또 빗물
며칠 전 이렇게 비가 내렸으면
큰 화재 사고는 없었을 텐데

올 한해도 며칠 남지 않은
새해를 앞둔 여기저기
상처투성이 화재 현장, 이렇게라도
묵은해의 아픔을 지우려는 듯
지친 기색도 없이
겨울비가 내린다.

바람

여름날만큼 따가운
햇볕의 봄날, 모처럼 밖의 외출에
바람이 불러모은 승용차 위
뽀얗게 내려앉은 먼지,
털어낼 여유도 없이 시동을 켜
길을 나선다
어느 만치 가다가 차를 세워놓고
운동을 겸하여 자박자박 걷다가
봄과 여름날 바람의 갈피를
헤집어 보다가 정작 바람 찾아
목적도 없이 나서니, 웃음이 절로 난다,
봄에 물들어버린 내가.

기상도

봄바람이 차고 거세다
금강산 길에 빗장 잠근다는
북녘의 여자 아나운서
앙칼지고 메마른 목소리
섬뜩섬뜩 끼어들고

백령도 근해에선
침몰한 초계선 후미를 들어 올리는 소식이
연일 전파를 타고 있다
입하立夏가 한 달이 채 남지 않았는데
50년 만의 철 지난 강설降雪은
남녘의 배꽃 위에 얼어붙고
병원마다 넘쳐나는
성급하게 봄옷을 갈아입은 독감 환자들
곳곳마다 별러왔던 꽃 잔치,
시들해졌다

거친 바람결에도 꽃은 피었다
겨울이 늑장을 부려도 봄은 온다고
올여름은 유난히 더울 거라며
햇볕은 꽃망울을 깨우고 있다.

오월에

푸르른 오월에 집안에서
뱅뱅 도는, 너나없이 누구도 자유롭게
만날 수 없는 여러 날

일을 마치고 되돌아서는 길
갔던 길보다 더 가까운 듯
발걸음은 한결 가벼워졌다,

어설프고 답답하나 코로나에 익숙해진 습관처럼
내 나이쯤에선 바람 부는 곳
발길 닿는 대로 옮겨갈 여유쯤의 사치야
누려볼 일, 마다할 누가 있나,

어디론가 나서고픈 오월의 한나절
헛바퀴 도는 이 바람, 들숨과 날숨
연방 들이마시고 있는 나

시들어 말라버린 무에도
헛바람이 드는 것처럼.

빈집

며칠 비웠다가 현관문 열고 들어서니
어색하고 낯설어 서먹하다
달라진 것 무엇이 없을까 싶어
살펴보는 주위의 이것저것
창문을 활짝 열어젖히고 환기를 시킨다

이것저것 들고 온 물건
제자리에 챙겨 넣고 편한 차림으로
갈아입는 옷
일단은 안도의 숨을 돌리고 나면
여기가 또 다른 나의 쉼터, 다시
새로운 소꿉장난은 시작이다

어제와 오늘이 다른 살림 도구들과
어색한 인사를 하고 나면
거기나 여기나 매일반의 하루.

가시

목구멍에 가시가 걸렸나,
뱅뱅 돌며 고개를 저어 봐도
쉽게 가시지 않는 몸속 깊숙이
배어버린 향내

마지막 가시는 길에
지난 여정은 추억으로 재우고
한 줌의 재로 남아
먼 길 떠나시는 그의 어머니,
이 세상 아쉬움 한 가닥
남겨두신 듯

아쉬움과 연민, 차마
마음 접을 수 없었던 자리,
자리마다 당신의 향기
가시로 남겨 놓으셨나,

생각날 때마다
목구멍이 따끔거린다.

- 2008.12.8. 김해

12월에

너 알고 있니, 나와의 일,
내일이면 또 한해의 입동
타다닥타다닥 세차게 두드리는
굵은 빗방울 소리
이 비 그치면
겨울은 더욱 깊어질 텐데
아직도 문밖을 서성이고 있는 나
무엇하느냐, 물으시면
참아주시는 그분 앞에,
"아직 아직은 아닙니다"
게으르기만 했던 나날들,
쏟아져 내리는 빗속에 다시
무딘 마음을 적셔봅니다.

한파寒波

영하 23도의 한파 소식
코로나19와 함께 온 사람 기피증
아무도 없는 외딴집에 홀로 앉아 듣는 뉴스
몇 년 만에 찾아온 올겨울 추위라고
몸은 몸대로 마음은 마음대로
체감 온도는 수은주보다 낮아서
하루속히 봄이 오기를 기다리는 사람들
너나없이 조심에 또 조심
세상은 온통 빙판길이다.

빈몸

난 빈몸을 좋아하나 봐
무거운 짐일랑 내려놓고
홀가분하게 가는 길
가끔은 빠트리기도 하면서
가볍게 걷자 구요
누군가 알려주는 전화번호나
이름도 접어버린 채
그렇게 훌훌 털어내고
발길 닿는 대로 가자 구요,
혹여 급하면 연락이 올 테지요
마냥 애쓴다고 일들이
해결되는 것도 아니겠으나
나이 들어가며
구부정해지는 허리와 흰 머리칼
이유가 있기는 하지요

처음부터 정해진 약속이라고
말하지 않을게요
우리는 처음부터 빈몸으로
태어났으니 언젠가는 오던 대로
그렇게 가야겠지요.

연주회

비 내리는 가을 저녁, 야외공연장
요한스트라우스 곡을 연주하는
오케스트라단원들과 그 앞에 다소곳한 청중들

흰 양복을 입은 지휘자는
노년의 백발신사, 그의 지휘에 맞춰
단원들은 힘찬 연주를 하고 청중들은
우산 대신 비옷을 입고 앉아 듣고 있는,
연속으로 울리는 앙코르 앙코르의 박수 소리

사람들로 가득 찬 광장의 긴 대열 속
그중엔 남녀가 서로 붙잡고 어우러져
흐르는 음악에 맞춰 춤을 추고
그칠 줄 모르고 계속 내리는 가을비,
방울방울 스며드는 찬란한 네온의 불빛

서로가 서로에게
사랑의 격려라도 나누려는 듯
뿜어져 나오는 함성 사이
벌레들의 간주가 잔잔한 강물처럼 흐른다

하늘은 벌써
대지의 무대 위에
악보로 기록할 수 없는 아름다운 곡을
연주하고 있었다.

미용실에서

가을맞이 행사이듯
기른 머리를 자른다
거울에 비치는 낯선 모습
깊게 팬 주름과 허연 머리칼
사진첩 속의 나는
어디로 가고 없다

내 생에 마지막 길러본
머리카락이 아닐까 싶기도 한,
그마저 인연의 고리를 여기서
끊어내야 할 듯
자르고 또 잘라 흔적마저
지우고 있다

4

놀라다

나는 자주 놀란다. 고속도로에서 주행하는 승용차 뒤에 바짝 따라붙는 차량이나 목소리 큰 사람의 어처구니없는 고성, 요란한 전화벨 소리에도 가끔 가슴이 두근거려 진땀이 난다. 혹여 자동차 접촉사고라도 나면 어쩌나 우선 큰소리부터 쳐야 한다는데 그런 일에는 자신이 없다. 맞대꾸는커녕 해야 할 말이 입속으로 기어들어 가는 내 버릇, 당당하게 할 소리, 안 할 소리 마구잡이로 쏟아내는 사람이 부러울 때도 있다. 그렇지 못한 나는 언제부터 그랬을까.

살아오는 과정에서 만나는 강한 것들과의 마찰음을 피하고, 폭력으로 벗어나려는 순간, 내 의지와는 달리 몸부터 움츠러들고 내 일을 남의 일 보듯 조망하는, 다툼의 자리나 불필요한 거래의 껄끄러운 소통을 피하고 낮은 목소리로 물러서는 태도가 고착되어온 결과일 듯, 그러다 보면 내 주변에서 큰소리도 잦아들어 놀라는 버릇도 점차 지워지지 않을까. 그래도 놀랄 일이 있으면 아무 생각 없이 놀라고, 먼산바라기 하듯 남인 양 나를 보며 살기로.

너와 나

언덕을 오른다. 가다 서다 반복에 앞서간 아이는 언덕 위에서 빨리 오라 성화다. 잠시 쉬다가 오르고 다시 쉬고 있으면 큰소리로 "운동을 하세요, 운동을요, 여기도 오르기 힘들어하면 어떻게 해요" 측은한 듯 바라보다가 양손에 짐보따리를 들고 부리나케 앞서가는 아이,

오늘따라 날씨마저 한여름처럼 더워 온몸을 적시는 땀샘의 분출, 아직은 사월 중순의 봄인데 아이의 재촉이 민망해 "그래 운동은 해야겠지, 해야 하고 말고," 단번에 성큼성큼 올라서서 기다리고 있는 아이를 쫓아가다가 문득 이제부터 나는 오르기보다 내려가는 연습이나 잘 해야겠다. 너는 위로, 나는 아래로.

유허비

그 젊음의 잔해와 유언이 담긴 이야기만 전설이 되어 수이푼 강변 우뚝 선 돌비에 새겨진 채 바람에 씻기고 있다. 우리가 탄 버스는 숲을 지나 한적한 강변에 이르러 사진을 찍고 돌에 새겨진 글귀를 읽는데, 그날의 그는 남은 것들 모두 불태워버리고, 자신의 육신마저 불태워 수이푼 강물에 뿌려달라는 부탁을 남기고 떠났다 한다. 우수리강이나 아무르강으로 가지 말고 동해로 흐르는 수이푼강으로 흘러 넋이라도 조국에 이르기를 바라던 그의 열망, 애국의 길이 무엇인가를 후세에게 큰 교훈으로 남겨 놓고 바람처럼 가버린 분, 그 이름 이상설.

연해주

시베리아횡단 열차는 흔들리는 차창 밖 끝없이 펼쳐지는 벌판을 달린다. 종착역이기도 시발점이기도 한, 블라디보스톡 역을 출발하여 어딘가에 있다는 옛사람들 역사의 흔적을 찾아간다. 승객들은 러시아인이건 관광객이건 서로 말 없는 눈짓으로 인사를 주고받으며 때로는 먼바다를 흘깃거리기도 하면서 황량한 초원을 가로지른다.

조국의 독립을 위해 지난날 그곳으로 이주하여 수난의 삶을 살아온 선인들의 아픔과 좌절, 어렵게 들풀처럼 일어서던 그들이 흔적만 남기고 떠나간 빈자리엔 집터만 우두커니 서 있다. 수많은 생각을 접고 우리는 아무 말 없이 되돌아선다. 너나없이 나그네로 살다가 떠나야 하는 아득한 쓸쓸함으로 이 먼 타국에서 수없이 횡단 열차에 몸을 실었을 그들, 시베리아 칼바람은 몰아치는데 나라 잃은 설움과 끝이 보이지 않는 수난의 연속, 넋이라도 조국을 향해, 동해로 이어지는 수이푼 강에 자신의 뼛가루를 뿌려달라던 그 유언대로 지금 그들은 동해의 수호신이 되어 오늘의 우리를 지켜보고 있을 것 같다.

시인의 집
- 고 이용대 시인을 추모하며

태백시 지나 매봉산자락 아랫마을
가곡면 가곡천로 건너 시인의 집
팻말이 시인을 닮았다.

가곡천 물소리는 함성을 지르듯
콸콸 쏟아져 내려, 맑고 깨끗한 물을 너나없이
한 모금씩 마셔보고픈 청량감,

월천을 향해 흘러가는 가곡천이
마을 한가운데를 지나고 사방이 산으로
둘러싸인 아늑한 농촌 마을

감 대추를 따야 하는데
입원 중에도 집안일을 걱정하던 그의 목소리
이제는 들을 수 없다

시인의 집을 비켜나면 병풍바위 숲길

조상 대대로 내려왔다는 집안의 동산에
삼척시 후원으로 목시비공원을 조성하고, 누구나 와서
쉬어갈 수 있도록 쉼터를 마련했다.

시비 개막식에 참석하고 난 후, 어느 해 가을날
시인의 집을 찾았을 때
자꾸만 방으로 들어오라는 그의 말에 그냥
방문 옆 쪽마루에 앉아 있겠다 사양했으나,

거듭된 성화에 들어섰던 좁은
시인의 방, 한편에는 그의 투박한 손으로
단감을 깎아 접시에 담아놓고
손님 맞을 준비를 하고 있었다.

그는 한국기독시인협회 초창기부터
많은 수고를 아끼지 않았는데
작별의 인사도 없이 그렇게 가 버렸다.

몇 차례 주고받던 통화에
힘겨워하기도 했지만, 혼자서 감당해야 하는
그의 아픔을 나눌 수도 없어 전화기를 사이에 두고
서로가 하나님께 기도드릴 수밖에 없었다.

아멘, 아멘, 화답은 힘내시라는 나의 몇 마디뿐
사나 죽으나 주님의 자녀인 우리, 지금 그는
주님 곁에서 오히려
남은 자들을 위해 기도하고 있지 않을까.

비밀

사람들은 누구나 비밀 하나쯤 만들어 가며 산다. 누군가에게 말하고 싶지 않은 나만의 비밀, 나와 너만 알고 아무에게도 말해선 안 되는, 숨긴다고 숨겨지지 않을, 숨길 필요조차 없는 그런 일들, 봄꽃이 흐드러지게 언제 피었다가 졌는지조차 모를 때가 있듯이, 알 듯 모를 듯 얼마쯤 지나다 보면 누구나 관심 밖의 일이 될 뿐인 것을, 우리 머리카락까지 세신다고 하시는 하나님 앞에 세상에 무슨 비밀이 존재할 수 있을까. 아무리 비밀을 만든다 해도 손바닥 안팎, 뒤집는 순간 훤히 드러나는 평범한 일상의 이야기들, 그래도 우리는 사람이기에 비밀을 만든다.

저녁 한때

호수엔 마을이 보이네. 개굴개굴 개구리 소리, 모습은 보이지 않고, 호수에 떠 있는 껑충한 갈대는 여기저기 물 위에 널브러져 있네. 영산홍, 철쭉, 수수꽃다리, 호수공원 둘레에 심어놓은 각가지 꽃들이 활짝 피어 아직은 이른 저녁이라, 잠들지 않고 나를 반겨주네. 갈까 말까 망설이다가 나선 길, 한발 두발 힘주어 어린아이 걷기운동 하듯 둘레 길을 돌고 돌아 꽉 차버린 내 머릿속의 생각들을 하나둘 털어내며 앞만 보고 걸어가네.

걷고 걷다 보니 하나둘씩 모여드는 사람들, 거기엔 몇 사람씩 짝을 지어 쉬엄쉬엄 걷기도 하고 급하게 뛰듯이 걷는 이가 있는가 하면 호주머니에 손을 넣고 천천히 무슨 깊은 생각에 잠긴 듯 땅바닥에 초점을 맞추어 지구의 핵을 탐사하듯 걷는 모습도 보이고 핸드폰을 연신 들여다보며 누군가와 대화를 계속하는 젊은이까지 제각각 자신들만의 길을 돌고 돌아가고 있네.

점점 어둠은 내려 저녁이 깊어갈수록 형광등 불빛이 하나둘 밝혀지고 호수 물빛은 검은색 바탕 위에 하늘의 별빛을 수놓은 듯 마을의 전경이 물 위에 내려앉고 예배당 십자가 철탑이 한 폭의 수채화처럼 호수에 잠기네. 둘레 길을 돌아서니 온몸에 밴 땀방울들, 두 팔 벌려 심호흡을 한번 길게 하고 가벼운 발걸음으로 천천히 공원을 빠져나오네.

모두가 저마다 내일의 새 아침을 열어가기 위한 준비를 하고 있나 보네.

길 따라

그렇게 흘러가는 거야, 내륙고속도로 지나 남한강 길 따라 흐르다 보면 양수리 두물머리를 지나 이리 갈까 저리 갈까 망설이다가 즐비한 안내판들의 유혹, 아랑곳없이 오랜만에 자동차전용도로를 탄다. 느릿느릿 앞을 가로지르는 차들의 행렬 앞세우고 한 번도 못가 본 곳들, 곁눈질하면서 다음엔 가봐야지, 북한강 강물은 아무런 몸짓도 없이 찰랑찰랑 따라온다. 사람과 사람 사이 어느 만큼 좁혀질 수 있는 간극일까, 불평이나 책망에 앞서 상대에 대한 배려는 인색한 채 거리조정은 늘 뒷전으로 밀려난다. 사랑이나 미움에 무슨 색깔이 있을까, 표정도 지운 채 흐르던 강물은 모두를 포용하고 배려하라며, 그래 그런 거야, 나같이 흐르는 거야, 소리 없는 함성에 고개 돌려 바라보면 아무 말도 하지 않은 척 딴청만 피우며 흘러간다.

어떤 소명

어느 요양원에 요양사로 일한다는 젊은이, 노숙자가 되기까지 쓰라린 고통을 겪어야만 했던 짧지 않은 세월, 목숨까지 버리려던 그가 하나님께서 맡겨주신 일 있음을, 살아남아서 세상을 위해 하지 않으면 아니 될 일 있음에, 어느 목회자분의 헌신적인 사랑과 봉사로 뒤늦게 공부하여 요양사 자격증을 취득, 현재 봉사하고 있다는 그,

생명生命은 살라는 하나님의 명령, 세상에 누구도 할일 없이 태어난 사람 없듯이 하늘의 부름을 받게 될 때까지 자신의 소임을 다하고 가야 한다는 평범한 진리, 어렵지도 않은 이 한마디를 모르는 사람이 너무 많아 세상은 가끔 눈물을 부른다. 뒤늦게라도 알고 실천하는 그가 주님 기뻐하시는 자녀일 것이네.

오늘과 내일

　간다는 인사도 없이 떠나버린 그들, 오래전 책들을 정리하다가 순간순간 잊고 살았던 그 문우들이 생각난다. 오랜만에 책 속에서 그들을 다시 만나보고 하루하루 우리네 삶이 한낱 이슬 같은데 서로의 뜻이 안 맞는다, 토닥토닥 너와 나의 시시비비를 따져야 하는 우리 일상들, 아침은 다시 찾아와도 내일을 기약할 수는 없지만 너 나의 욕심은 여전히 진행형이다. 하루만이라도 더 버텨보겠다고 아등바등 힘겨워하던 모습이 다시금 선명하게 떠오른다. 돌아올 수 없는 그 강을 건너갔어도 그들이 마지막으로 남긴 언어의 흔적들, 누군가에겐 귀한 교훈으로 길이 남을 수 있으니 헛된 삶이라 말할 수는 없으리라.

비우기

　무엇부터 비울까, 하나하나 정리를 해야겠다 하면서도 정작 할라치면 버릴 것도, 버릴 수도 없다. 냉장고를 열었다 닫았다, 이것저것 뒤적이다 말고, 책상 서랍을 열었다가 닫아버리기를 거듭한다. 이건 이래서 저건 저래서 그 자리에 있어야 하는 나름대로의 이유를 매몰차게 거부할 수가 없다. 사람과 사람 사이에 쌓인 것들을 비우는 일은 더욱 어렵다. 사랑은 사랑대로 이륙을 망설이고, 미움은 미움대로 접착력을 강화한다. 아무래도 내 힘으로는 비울 수 없는 이생의 것들, 저 위에서 지켜보고 계신 분께 부탁하면 될까. 아침에 집을 나서며 한두 개 버린 것 같은데, 저녁에 돌아와 잠들기 전에 세어보니 오히려 서너 개가 늘어났다. 아마도 생이 끝나는 날까지 그렇게 가야 하나 보다. 너나없이 하루에도 예상치 못한 일들이 곳곳에서 벌어지는데 오늘 하루도 나는 그분 앞에 무릎을 꿇는다.

광고축제

8월 어느 주일날 아침, "다들 어디 갔나, 교회 문이 잠
겼네" 구부정한 할머니 한 분 느릿느릿 다가와 유리문을
밀어보곤 잠시 멈춰 섰다가 뒤돌아선다. 부슬부슬 내리
는 빗속에 한발 두발 옮기는 할머니, 오늘은 다들 장춘
체육관에서 모인다고 누군가 이르는 말소리가 돌아서는
귓가에 아련하게 들린다.

죽은 사람들 굿판일까 산 사람의 잔치일까, 그분만이
아시고 판단하실 일, 순종이 제사보다 낫다는 말에 길
든 교우들과 함께 모처럼 가본 체육관에 빈틈없이 자리
를 채우고 앉아 있는 사람들, 안으로 들어설수록 고막
을 찢을 듯 울려 퍼지는 복음송, 방송국과 신문사, 장애
인들과 노인정의 노인들까지 동원된, 미리 기획된 축제
의 한 마당, 정작 잔칫상을 받는 주인공이 누굴까, 짐작
이 잘 안 된다.

점심은 각 구역대로 마련했다는 김밥 한 줄과 몇 알의 과자, 캔 음료수 하나가 담긴 검은 비닐봉지, 나는 그것을 열어보다가 잠시 제쳐두고 내가 아는 어느 분께 인사차 찾아간 자리, 거기엔 목회자들과 외빈들을 위해 고급스럽게 따로 준비된 도시락이 거룩하게 구별되어 있었다. 오병이어, 그 기적의 자리에서 예수와 그 제자들도 이처럼 성별聖別의 밥상을 받았을까?

　엄숙하고 경건해야 할 예배의 변신 '잘 박힌 못'이 되라는 말씀은 기억나지 않고 오랜 가슴앓이로 통증만 더해가는, 광고 이벤트 한 장면이 오래오래 기억으로 남았다.

새벽길

　편안함과 따스함이 배어있는 침상을 접으며 잘 있어라, 다시 돌아올 때까지. 손길 닿는 대로 제자리 찾아 물건들을 대강 정리해 놓고 새벽길 나선다.

　문밖에선 떠날 시간을 기다리다 지쳐버린 빙판길, 미끄러지지 않으려 조심스럽게 발을 옮겨 얼어붙은 승용차 차창을 긁어댄다. 그곳은 여기보다 더더욱 추운 영하 25도를 밑도는 혹한의 세계, 이쪽의 추위는 앞으로 겪어야 할 어려움과는 비교조차 할 수 없을 터, 단단한 각오로 공항 길을 달려간다.

　성에가 낀 차창 밖, 새벽어둠 속 이리저리 자동차전용도로를 꽉 채운 차들의 질주에 맞춰 함께 곡예를 하고, 아쉬운 일들일랑 얼어버린 길바닥에 뿌려가며 초조한 마음은 비행기 출국시간을 재면서 앞차의 속력대로 따라가는 길, 희미한 네온의 불빛 속에 덩치 큰 화물트럭의 당당하고 요란한 위세가 나를 짓누른다.

불어오는 서해의 바닷바람은 해안선 끼고 한참을 달려 영종도 다리 위 지날 때, 휘청거리는 승용차 차체가 세찬 바닷바람에 날아가 바닷속으로 잠길 것 같다. 이 새벽길은 내 미지의 선교 행진을 암시하는 그분의 뜻일까, 흔들리는 핸들을 꽉 부여잡는다.

발견發見

이제 독립을 해야겠다고 말하는 아이, 그래 결혼 상대라도 생겼느냐며 묻는 내게 그게 아니라 원룸을 하나 얻어 나가야겠다는 뜻이란다. 늘 옆에서 보채던 어린아이가 이제는 컸다고 뜻밖의 선언을 한다. 이젠 어린아이가 아니지요, 어디든 갈 수 있고 직장도 있으니 혼자 생활할 수 있겠지요. 세상 무서운 줄 모르는 나이, 얼마나 무서운 세상인가, 좋은 사람도 많지만 별난 사람도 많은데 겁도 없구나 하는 내 걱정에 알아서 잘할 테니 지켜보기나 하란다. 그래도 내 눈엔 영원한 네 살배기 코흘리개인 아이가.

하루하루가 변해가는 세월 속에 그 아이인들 변하지 않을까, 아마도 내가 그분 앞에 그런 모습이겠지.

시월이 오면

시월이 오면 생각나는 그리운 얼굴 하나, 어머니는 내 생일날이면 새벽부터 음식을 챙겨 먼 길을 달려오시곤 했다. 생일상이다 많이 먹으라 하시고는 선 채로 다시 집으로 돌아가셨지. 저녁에 할아버지 추도식이 있어 음식 준비를 해야 하기에 서두르지 않을 수 없었다. 내 초년의 직장이던 은행, 그 근처 자취방을 찾아오셨다가 앉을 새도 없이 가버리시는 어머니에 대해 고마움커녕 당연한 것처럼 받기만 하고 불평만 했지. 가을바람이 살갗을 스치면 어머니 얼굴이 떠오른다. 지금 내 나이보다 훨씬 젊은 모습의 어머니, 결혼한 뒤에도 툭하면 이런저런 일로 불러대기 일쑤였지만 용돈 한 번 두둑이 챙겨준 적 없었던 딸이 머리가 하얗게 된 이제야 그 환한 웃음을 불러본다.

엄마, 엄마는 한 번도 본 적 없는 늙어버린 딸, 이젠 생일조차 까먹었지요?

초행길

  기다렸습니다. 장춘공항 터미널에서 진작 왔어야 할 비행기를 기다리는 초조와 그 나라만의 염치없는 여유가 공존하는 시간이었습니다.

  계속해서 창밖은 이슬비가 내리다가 쏟아지는 폭우, 청사 안엔 소음과 찌든 담배 연기, 라디오 중계방송은 웅성거리는 사람들 틈에 더욱 왕왕거리고 나는 활주로가 바라보이는 창밖에 쏟아져 내리는 빗속으로 눈길을 보내며 돌아온 길도 아직 가야 할 길도 먼 그곳에서 몸도 피곤, 마음마저 지쳐서 멍하니 앉아 있어야 했습니다.

  낯선 만남과 헤어짐이 반복되는 그곳에서 스쳐 가는 만남은 서로의 찻잔을 부딪치듯이 그런 대로의 몇 마디 말로 허공에 날려 보내고 비가 그치면 오겠다던 비행기 승무원도 보이지 않고 알아들을 수 없는 언어들은 방송 전파를 타고 공항청사의 천장과 바닥을 오르내리며 소리의 강약을 조율하고, 내 옆 사람마저 뿜어대는 담배 연기에 사방의 경계조차 흐릿한데

시간의 흐름은 마음속에 얹힌 짐을 내려놓게 하고 빗물에 젖은 창밖 기둥 모서리에 앙상한 나뭇잎이 질리도록 새파란 빛을 발사하여 기다림에 지친 나의 마음을 감싸줍니다. 처음 가는 내 삶의 길만큼 불안과 안도 사이 그날의 여행길이 한 폭의 그림으로 남았습니다.

- 2002.6.10.

광장의 분수대

친구를 만나기로 약속한 롯데백화점 지하광장 뿜어대는 분수대 물줄기는 계속 목청을 돋우고 웅성거리는 사람들 틈에서 기다리던 친구는 보이지 않는다.

삼켰다가 토해내는 분수대 물줄기에 웅성거리는 사람들의 목소리는 기어들고 지하광장은 기다리는 자들로 넘쳐나고 있다. 방울방울 분수대 물방울이 터져 날 때마다 물세례를 받아야 하는, 계속 뿜어져 내리는 물줄기 기다리는 사람들 마음속까지 촉촉하게 적셔주려는지 폭죽처럼 솟았다가 떨어지는 은빛 축제,

솟아오르는 물줄기를 물끄러미 바라보고 있을 때, 하얀 왕관을 쓴 것처럼 머리털이 이리저리 공중에 떠다니는 풍선처럼 사람들 사이를 비켜 간다. 언제나 목마르지 않을 샘을 갈망하는 사람들처럼 솟구쳐 흐르는 분수대 물줄기 근처로 모여드는 사람들, 만나고 헤어지는 우리 약속의 사연들이 분수로 뿜어져 흩날리고 있다.

시작노트

회상과 예상의 경계에서

신 을 소

출발의 의식도 없이 떠나온 길, 돌아보니 아득하기만 합니다. 여기까지 오는 길에 혼자 걸어왔는지 누구의 등에 업히어 온 것인지조차 잘 가늠이 되지 않습니다. 다만 늘 옆에는 길동무가 있었고, 무언가 함께 했던 놀이나 일들이 있었던 것 같습니다. 그런데 그 놀이나 일의 구체적인 색깔이 잘 떠오르지 않아 남의 말 하듯 이렇게 막연하게 말할 뿐입니다. 그 막연한 기억들의 갈피를 하나하나 뒤적이다 보면 오랜 동안 아팠던 상처가 오히려 그리움이 되고, 마음껏 웃었던 순간이 부끄러운 모습으로 다가와 얼굴을 붉히기도 합니다.

삶은 늘 지난 세월의 회상과 다가오는 시간의 불확실성, 그 경계에서 나를 규정지어 가는 몸짓인 듯합니다. 마냥 불안하기만 한 내일의 예상은 잠시 멈추고, 늘 자기

합리화의 아름다움으로 포장할 수 있는 회상의 영토를 찾아보기로 합니다. 잊었던 세월, 잊혀진 삶의 곡절, 그 아련한 그리움의 실체를 좇는 부질없음도 삶의 한 국면이기에, 이를 즐겨보는 일도 나쁘지는 않은 듯합니다. 어딘가의 공간, 장소와의 친연성에 따라 색깔을 달리하는 그리움의 외피, 고향은 아마도 가장 아름다운 채색화로 재현되는 기억의 가장 내밀한 장소인 것 같습니다.

남한강 길 끼고 달리다가/ 접어든 북한강 길/ 오늘따라 차들은 흐르는 강물처럼/ 노랫가락에 흥을 돋우며 달려간다// 밀리고 밀리던 양평에서 양수리까지/ 가다서다 반복에 인내가 필요하지만/ 너와 나 이렇게 지나온 날들, 춥고 덥고 맵고 쓰고/ 쓸쓸하기도 따스하기도 한 지난날,/ 스쳐 가는 바람이 가로수 나뭇가지 건너뛰듯/ 그렇게 지나가고 있다// 오랫동안 지나다닌, 이 길 따라가다 보면/ 어릴 적 살던 내 집 같은, 때때로 문안을 할 수는 없지만/ 지금은 떠나고 없는 빈자리 찾아/ 잊었던 세월 한 자락 펼쳐볼 수 있을까/ 강물은 소리 없이 흐르고 있다. - 「강변길 따라」 전문

내가 가끔 찾아가는 곳은 도심에서 멀지 않는 도시 외곽의 농촌입니다. 좁은 길을 따라 가다보면 길가 집들의 꾸밈없는 모습이 보입니다. 그 가운데 한 곳, 팔순이 넘은 할머니 한 분만 사시는 집이 있습니다. 그 할머니는, 드나드는 자녀들을 대충 헤아려보아도 아들이 네댓에 딸이 한둘은 될 듯한데, 모두 독립해 나가고 늘 혼자 지내십니다. 마주치면 반갑게 인사를 하고 무언가 자꾸 말을 걸어오며, 아들딸 자랑을 잊지 않으시는 분인데, 집 앞 마당은 물론 울타리 바깥 길섶에도 빠짐없이 꽃을 심어 가꿉니다. 백일홍, 꽃양귀비, 봉숭아 들이 봄부터 가을까지 지나는 사람들을 즐겁게 합니다. 우리 할머니, 어머니의 모습이기도 하고, 어쩌면 내 모습일 듯도 한, 산업화 시대의 어머니들이 그려가는 풍경이 눈에 찹니다.

섬돌에 앉아 먼산바라기 하시는 아주머니/ 지난 주말엔 자식들 찾아와 북적대더니/ 오늘 아침은 굽어진 허리로 혼자/ 마당을 쓸다가 쉬고 계신다// 봄이면 집 앞 둘레길에 화초를 심어/ 울긋불긋, 한철을 활짝 핀 꽃들로 채우고/ 지나는 사람마다 즐겁게 하신다 // 가을

이면 텃밭에 심은 온갖 채소와 작물들,/ 손수 걷어 갈
무리하고/ 초겨울, 오늘은 문밖 입구 한쪽에서/ 햇볕
아래 먼산바라기,/ 소녀 같은 아주머니의 밝고 환한 표
정// 네가 곧 복이 되라는 말씀 따라/ 이웃의 복이 되
는 노년의 삶,/ 주는지, 받는지도 모르고 우리는/ 기
쁨을 주고받으며 산다/ 꽃처럼 순수한 아름다운 이웃.
　－「이웃집 아주머니」 전문

　태어나기는 혼자이지만, 사는 일은 한 번도 혼자인 적
이 없었던 것 같습니다. 그런데 혼자 살라는 명령처럼 마
스크를 쓰고 산 지도 3년을 넘어 4년째를 바라보고 있습
니다. 코로나19의 팬데믹 현상이 아직도 그 종착점을 알
지 못한 채 지속하다 못해, 이제는 '위드 코로나', 코로나
와 동거를 할 수밖에 없다는 지경까지 이르렀습니다. 흔
히 이 팬데믹 사태의 전후에 따라 인간의 삶도 그 형태
나 방식이 바뀌어졌다고 합니다. 비대면, 사회적 거리 두
기, 이 시대의 역설이 참 애잔스럽습니다. 기존의 모든 질
서를 거부하는 새로운 삶의 질서가 자리를 잡아가고 있
음을 실감합니다. 세상을 바꾸고 있는 이 바이러스와의

싸움에 앞서, 이쯤에서 이러한 지구촌의 재앙을 불러온 인간의 진면목을 한번 돌아보아야 하지 않을까 하는 생각을 해봅니다. 자연을 아끼고, 사람을 아껴야 할 기본적인 사람됨의 도리마저 외면하고 있지는 않는지 곰곰이 묵상해보았으면 합니다. 인간의 소통을 위해 진화해온 언어의 속성을 초과하는 언어와 언어의 괴리, 뉴스 시간마다 접하는 전 국민을 대상으로 하는 듣기 평가나 문해력 시험에서 정답은 지워지고, 왜곡과 굴절만이 무지개처럼 분광하고 있는 현실이 자못 실망스럽습니다. 나도 내가 아니고, 너는 더더욱 네가 아닌 쪽으로 흘러가는 세상, 과연 나는 누구고, 당신은 누구입니까?

누구신가/ 너와 나의 거리는 2미터쯤/ 푹 눌러쓴 모자에 마스크까지/ 눈빛으로 주고받는 인사// 한참 지나서야 알아보는/ 그간 허물없이 붙어서 수다 떨던/ 너와 나의 화법, 멀찍이 서서/ 다시 한번 생각하기// 혹여 나도 모르게/ 퍼뜨리고 다녔을 바이러스 균처럼/ 사방으로 퍼져나갔을 언어의 독소들/ 이제라도 거리 두기/ 너와 나/ 누구신가 당신은. -「거리 두기」 전문 내 그리움의 영원한 진원지인 어머니를 찾아갑니다. 예닐곱 살 소녀로 찾아가기도 하고, 스무 살 앳된 처녀의 모습으로 어머니 앞에 투정을 하기도 합니다. 시집간 딸의 생일을 수십 년 동안 한 번도 거르지 않고 해마다 챙기시던 어머니가 어느 해부턴가 그 날짜마저 기억하지 못하셨을 때의 그 당혹감을 잊을 수가 없습니다. 내 곁에는 늘 어머니가 계시리라는 믿음은 내 유일신 종교의 신앙심만큼 컸기도 하고, 한 번도 어머니 없는 세상을 상상해보지 않은 탓이기도 했습니다. 그 뒤 몇 해가 지나지 않아서 어머니를 놓아드릴 수밖에 없었습니다. 10여 년이 지난 지금도, 무심코 지내는 가운데 어머니와 함께하던 어느 장면이 불쑥 찾아올 때면 가슴이 멍해 옵니다. 내 눈가를 적시는 눈물은 아마도 나를 위해 흘린 어머니의 눈물이 지금까지 내 안에 남아 넘쳐나도록 전이해준 잉여의 표지인 것 같습니다. 하나뿐인 딸이 딸 노릇한 건 생각나지 않고, 어머니가 베푼 사랑만 소록소록 되살아나는 이 민망한 순간에도, 어머니의 환한 웃음만은 참 반갑습니다.

시월이 오면 생각나는 그리운 얼굴 하나, 어머니는 내 생일날이면 새벽부터 음식을 챙겨 먼 길을 달려오시곤 했다. 생일상이다 많이 먹으라 하시고는 선 채로 다시 집으로 돌아가셨지. 저녁에 할아버지 추도식이 있어 음식 준비를 해야 하기에 서두르지 않을 수 없었다. 내 초년의 직장이던 은행, 그 근처 자취방을 찾아오셨다가 앉을 새도 없이 가버리시는 어머니에 대해 고마움커녕 당연한 것처럼 받기만 하고 불평만 했지. 가을바람이 살갗을 스치면 어머니 얼굴이 떠오른다. 지금 내 나이보다 훨씬 젊은 모습의 어머니, 결혼한 뒤에도 툭하면 이런저런 일로 불러대기 일쑤였지만 용돈 한 번 두둑이 챙겨준 적 없었던 딸이 머리가 하얗게 된 이제야 그 환한 웃음을 불러본다.// 엄마, 엄마는 한 번도 본 적 없는 늙어버린 딸, 이젠 생일조차 까먹었지요? -「시월이 오면」 전문

'산이 거기 있기 때문에 오른다'는 어느 등산가의 말처럼, 내게 주어진 원재료인 언어가 있기에 그저 시라는 형식으로 매만진다는 게 내 시작의 기본자세입니다. 잘 쓰

기보다 잘 즐기자는 게 내가 시를 만나는 약속의 지점입니다. 거기에 가면 늘 나를 기다리는 분들이 계십니다. 하나님 그리고 어머니입니다. 내 내면의 근저에는 이분들과의 주고받은 말들의 침전물이 고여 있습니다. 이 침전물을 인양하는 작업이 이번 회상의 공간을 찾는 순례 여정입니다. 아무도 함께할 수 없는 여정, 다만 내 감정에 충실하고, 정직하자는 한 생각만으로 걸었습니다. 이젠 좀 쉬어가야 할 것 같습니다.

잊었던 세월 한 자락

2022년 11월 7일 제 1판 인쇄 발행

지 은 이 | 신을소
펴 낸 이 | 박종래
펴 낸 곳 | 도서출판 명성서림

등록번호 | 301-2014-013
주　　소 | 04552 서울시 중구 삼일대로8길 17 3~4층(충무로 2가)
대표전화 | 02)2277-2800
팩　　스 | 02)2277-8945
이 메 일 | ms8944@chol.com

값 10,000원
ISBN 979-11-92487-72-4